How the Gods Created the Finger People

HOW THE GODS CREATED THE FINGER PEOPLE

By Elizabeth Moore and Alice Couvillon
Illustrated by Luz-Maria Lopez

PELICAN PUBLISHING COMPANY
GRETNA 2011

Special thanks to Mrs. Ara Forrest of Mandeville High School and her Spanish 4 Virtual Academy students.

I dedicate this book to the matriarchs in my life: my grandmothers, Jane Randolph Kean Butler and May Belle Thompson Leguenec; my great-aunt, Maria Evelina Sanfrosia Prescott Kean Southworth; and my mother, Miriam Elizabeth Leguenec Butler.

—Miriam Elizabeth Butler Moore

Dedicated to my grandmothers, Odile Haas Gaunt (Dei) and Lilla Grace Wilbert (Lala), and my mother, an amazing grandmother to my children, Gloria Gaunt Wilbert (Glory). They taught me that our children are our jewels.

—Alice Couvillon

This book is dedicated first to my grandmother, Julia Flores (Mita to me); my grandchildren, Lauren, Tony, Dominick, Jacob, and Tommy; and my husband, James Breaux, for his support and help in making this book possible.

—Luz-Maria Lopez

ISBN 978-1-58980-889-8

Printed in Singapore
Published by Pelican Publishing Company, Inc.
1000 Burmaster Street, Gretna, Louisiana 70053

My name is Luz-Maria. As a little girl growing up in Honduras, my favorite time of day was after dinner was finished and the dishes were washed. I would step into the warm night air, which was perfumed with the sweet smell of orange blossoms from the grove.

Me llamo Luz-Maria. Cuando era niña, creciendo en Honduras, recuerdo que mi hora favorita era después de cenar y los platos estaban lavados. Salía al aire tibio de la noche, perfumado por los naranjos en flor.

There was a small, round stone on the porch, and I would shiver at the shock of cold every time I sat down on it. Not far behind me, my sister, Rosario, would come out, and we would look up at the sky and try to find the strange shapes of animals, fish, and birds made by the stars.

En el patio había una piedra pequeña, y cuando me sentaba en ella, temblaba de frío. Mi hermana Rosario me acompañaba y juntas mirábamos al cielo para buscar las diferentes formas de animales, peces y pájaros que las estrellas formaban.

My grandmother Mita would walk out and sit down with a sigh on the big chair. Mita loved telling us stories. Some were about our Mayan ancestors, and some were fables to teach us right from wrong, but all were rich in color and detail. As she talked, I would close my eyes and paint the images in my mind.

Mi abuelita Mita salía de la casa y con un suspiro de alivio se sentaba en el sillón. A Mita le encantaba contarnos unas historias. Algunas de las historias eran sobre nuestros antepasados los Mayas, y algunas eran fábulas para enseñarnos lo bueno y lo malo, y todas las historias tenían mucho color y detalle. Mientras ella hablaba, yo cerraba los ojos y dibujaba todo en mi mente.

When I grew up and moved to my new home in the United States, I began painting Mita's stories on canvas. This is one of those stories.

Cuando crecí y llegué a mi nuevo hogar en los Estados Unidos, empecé a pintar las historias de Mita en lienzos. Ésta es una de las historias.

How the Gods Created the Finger People

Once upon a time, the gods in heaven were very, very sad.

Cómo los Dioses Crearon a las Personas Dedo

Erase una vez, los dioses del cielo estaban muy, pero muy tristes.

They had created trees filled with green leaves, flowers of all colors, birds to sing songs,

Ellos habían creado los árboles llenos de hojas verdes, flores de todos colores, los pájaros cantarinos,

and beasts to roam the forest, but the gods were still lonely.

y los animales del bósque, pero todavía los dioses se sentían solos.

They wanted something to love them, so they decided to create the first human. The gods went to the river, scooped up the nearby earth, and formed a man made of clay.

Querían algo que los amara, entónces decidieron crear el primer ser humano. Los dioses fueron al río, recogieron la tierra, y formaron un hombre de barro.

The God of Water said, "We must test him to see if he is sturdy and strong." So he picked up the clay man and held him under water. After a time, the figure melted away, and the gods were very disappointed.

El Dios de Agua dijo, "Lo debemos probar y ver si él es robusto y fuerte." Entonces tomó al hombre de barro y lo mantuvo bajo el agua. Después de un tiempo, la figura se deshizo, y los dioses quedaron muy decepcionados.

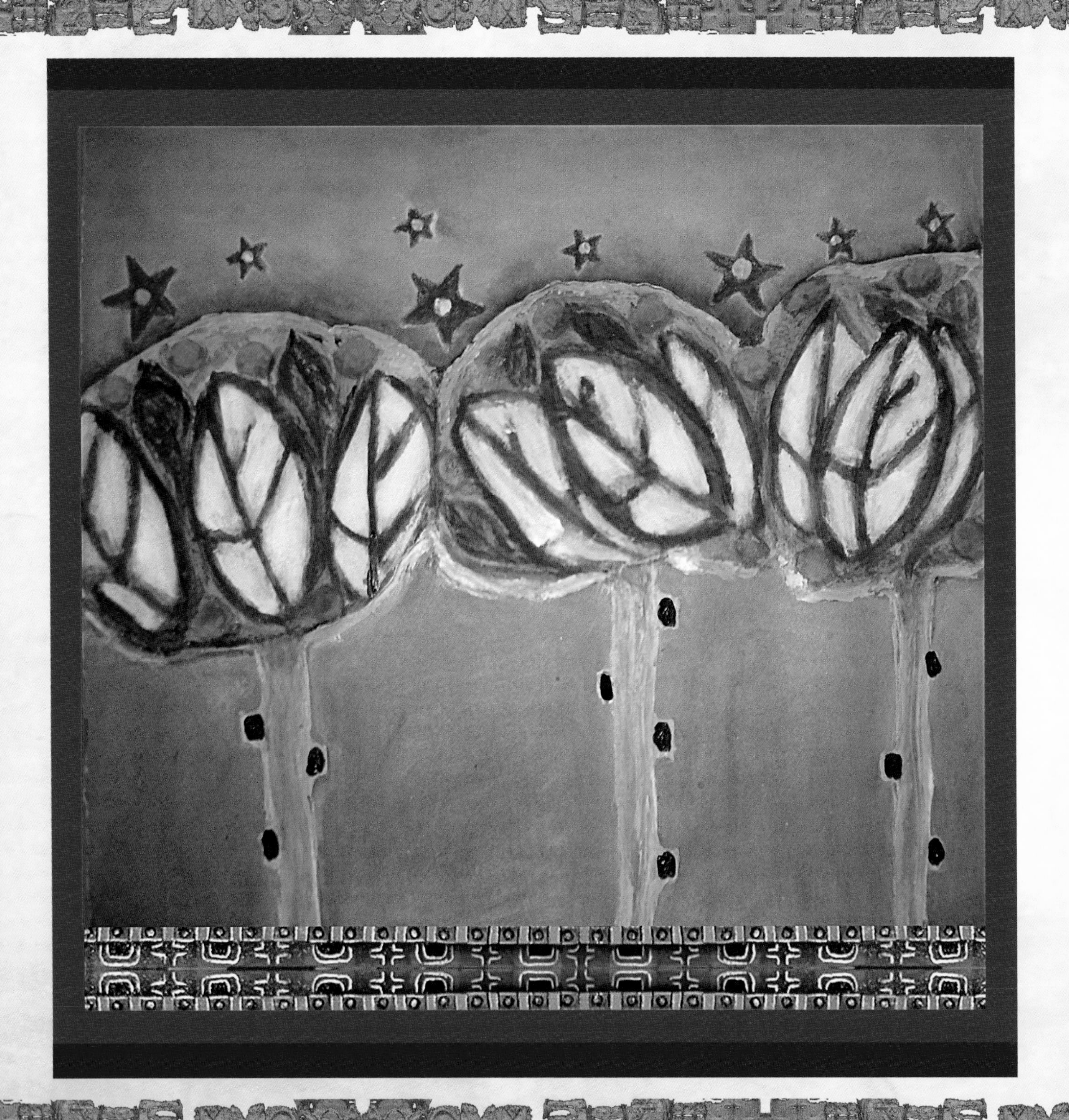

"Let's go into the forest where there are trees," the gods said to one another. In the forest, they cut down a tree and carved another man from the wood. The gods put him in the water, and he floated. They were happy.

"Vamos a ir al bosque adonde hay árboles," los dioses dijeron el uno al otro. Dentro del bosque, cortaron un árbol, y esculpieron a otro hombre de madera. Los dioses lo pusieron en el agua, y él flotó. Así los dioses estuvieron contentos.

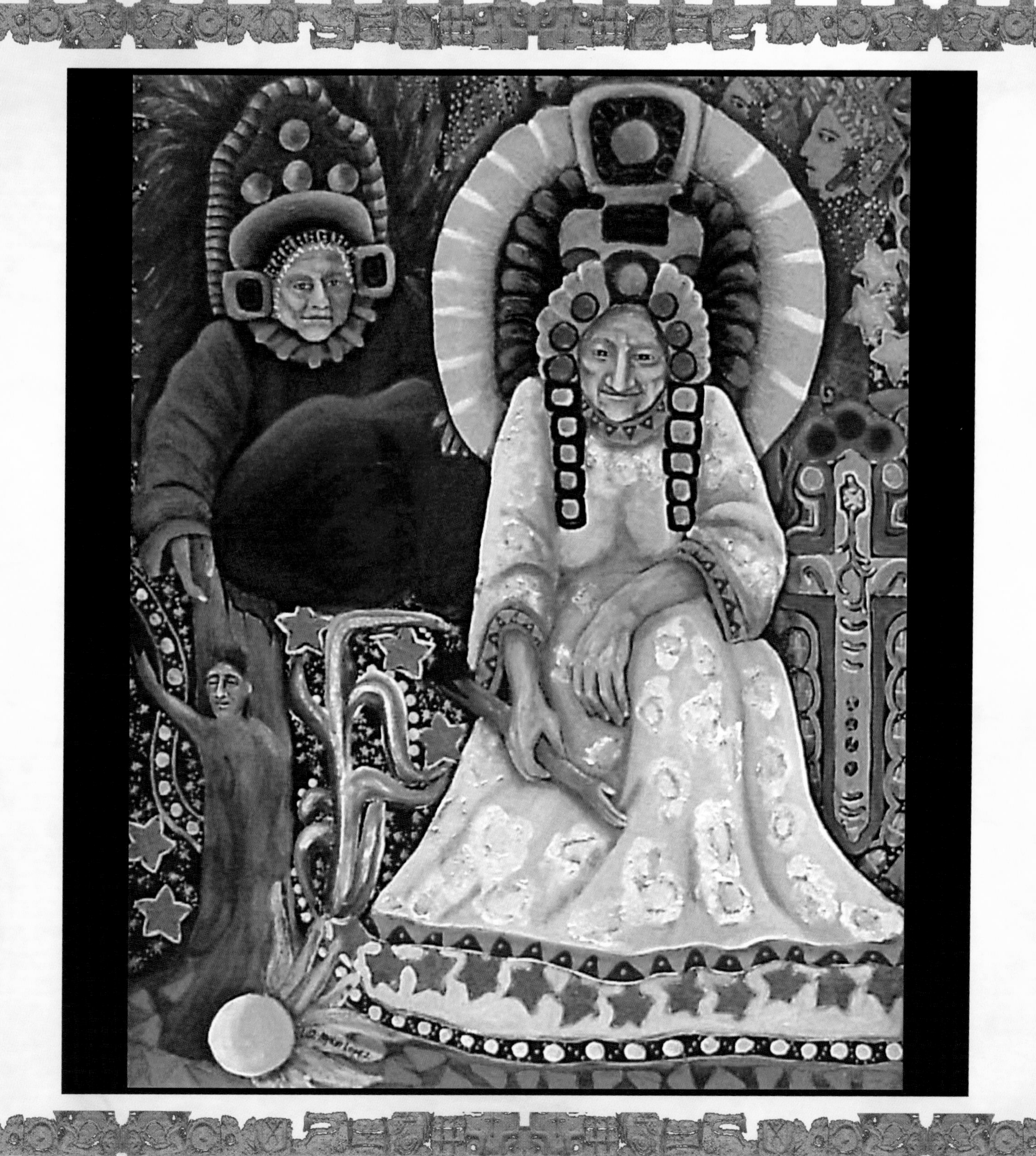

But the God of Fire said, "He should also be tested in fire." Therefore, the gods put the wooden man in the fire. He burned away, and all that was left of him was a pile of ashes. The frustrated gods returned to heaven.

Pero el Dios de Fuego dijo, "También debemos probarlo con fuego." Así el dios puso al hombre de madera en el fuego. Se quemó, y todo lo que quedó, fue un montón de cenizas. Los dioses frustrados regresaron al cielo.

The God of Gold, who owned all the treasures in heaven, said, "Let us make a man out of gold who won't dissolve in water or burn in fire."

El Dios de Oro que poseía todos los tesoros en el cielo, dijo, "Hagamos a un hombre de oro que no se disuelve en agua o se queme en el fuego."

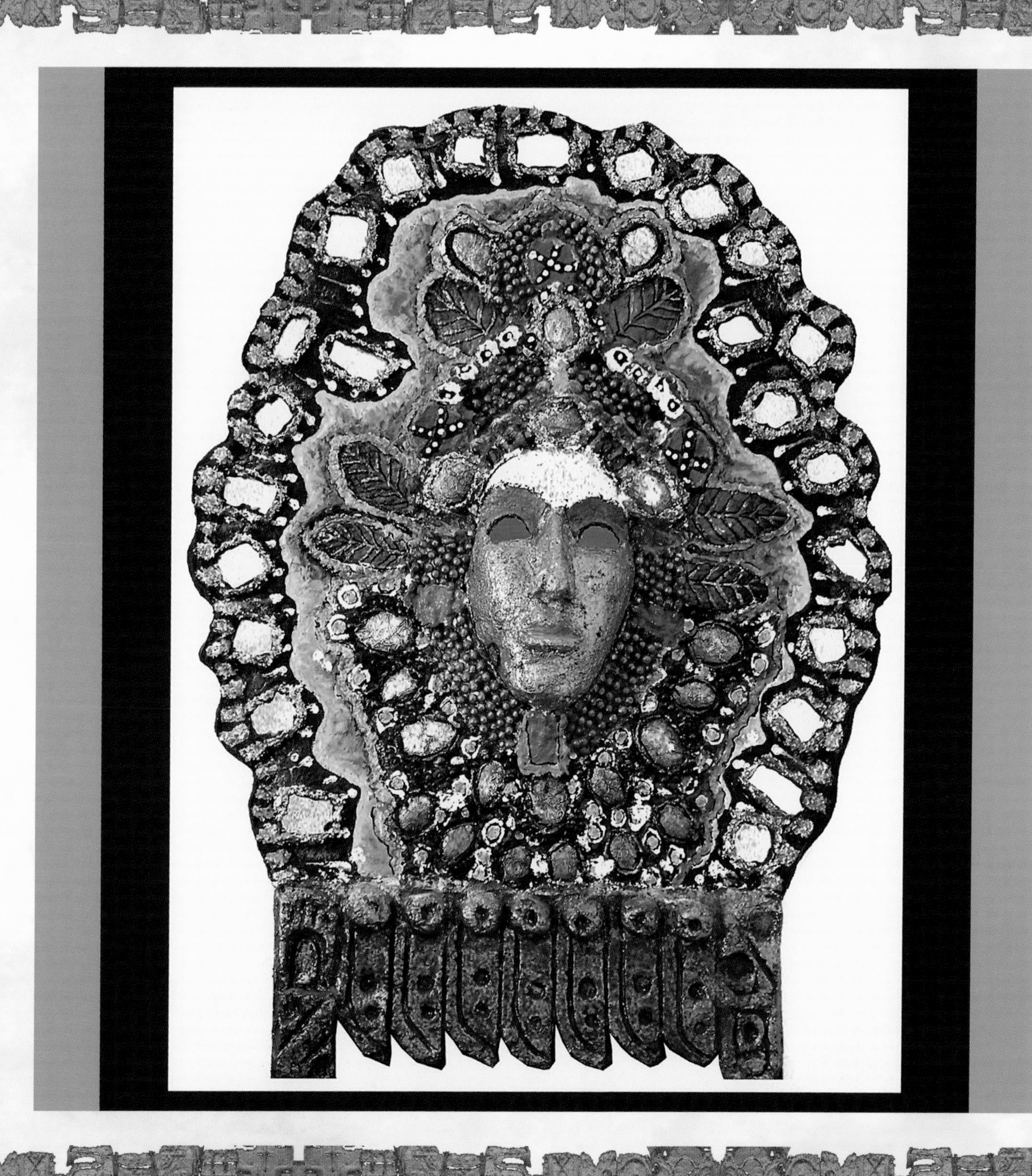

So the gods made a statue of pure gold and placed him in a lush garden on Earth.

Así los dioses hicieron una estatua de oro puro, y la pusieron en un jardín frondoso.

The animals in the forest tried to feed him, but he wouldn't eat. Even the monkeys held up chocolate, but it did not entice him. The birds of the air sang, but the gold man did not turn his head to listen. Butterflies fluttered about, but the gold man did not look at them or at the beautiful flowers blooming all around. The gods were very disappointed.

Los animales del bosque trataron de alimentarlo, pero él no comía. Igualmente los monos le ofrecieron chocolate, pero no lo atrajeron. Las aves cantaron, pero el hombre de oro no las escuchó. Las mariposas revoloteaban alrededor, pero el hombre de oro no las miró, ni a las flores bonitas que crecían por todas partes. Los dioses estaban muy frustrados.

Then the Good-Hearted God, the humblest of all, finally spoke, "I think that we need to make the human from some part of us, so that he has feelings the way that we do."

Entonces el Dios de Buen Corazón, que era el más humilde de todos, finalmente habló, "Yo creo que necesitamos hacer al humano de alguna parte nuestra, de manera que él tenga sentimientos como nosotros."

So he did what only gods can do. He took out his knife and cut off the fingers of his left hand. He knew his fingers, just as the fingers of all gods, would grow back like lizards' tails. The lopped-off fingers tumbled all the way from heaven to Earth, and when the fingers touched the ground, they magically turned into the finger people.

Así que hizo lo que sólo los dioses pueden hacer. Tomó su cuchillo y se cortó los dedos de su mano izquierda. Él sabía que los dedos de los dioses volverían a crecer como las colas de lagartijas. Los dedos cortados cayeron del cielo a la tierra, y cuando los dedos tocaron el suelo, se convirtieron mágicamente en personas.

The finger people were just like children, giggling, running, and jumping all the time. In fact, they ran so fast that the gods couldn't catch them in order to test them in water and fire. The little finger people multiplied until they were all over the world.

Las personas dedo eran como niños, riéndose, corriendo, y saltando todo el tiempo. Corrían tan rápido que los dioses no podían alcanzarlos y probarlos con el agua y el fuego. Las pequeñas personas dedo se multiplicaron hasta cubrir la tierra.

Since the gods were tired after all their creation efforts, they took a siesta.

Después de todos los esfuerzos de la creación, los dioses estaban cansados y se tomaron una siesta.

While they were sleeping, the finger people, who were very curious, found the gold man in the garden. They thought he was beautiful, but when they touched him, he was so cold they thought he was dead. They tried to warm him up with blankets, but he was still frozen stiff.

Mientras ellos dormían, las personas dedo, quienes eran muy curiosos, se encontraron al hombre de oro en el jardín. Ellos pensaron que él era hermoso, pero cuando lo tocaron, estaba tan frío, y pensaron que estaba muerto. Decidieron calentarlo con mantas, pero él seguía congelado y tieso.

One of the finger people remarked, "He needs love. We will carry him home and take care of him."

Una de las personas dedo dijo, "Él necesita amor. Lo llevaremos a la casa y lo cuidaremos."

The finger people treated the gold man very kindly. After a long, long time, the gold man announced, "Thank you," in a thunderous voice.

Las personas dedo lo trataron muy amablemente, y después de mucho tiempo, el hombre de oro dijo, "Gracias," con una voz de estruendosa.

At the sound, the gods woke up and saw what the finger people had done.

Al escuchar el sonido, los dioses se despertaron y vieron lo que había ocurrido.

The God of Gold said, "The finger people helped the gold man, so we won't punish them for running away when we wanted to test them in water and fire. But from now on, the descendants of the gold man will be rich."

El Dios de Oro dijo, "Las personas dedo ayudaron al hombre de oro, así que no vamos a castigarlos por escaparse cuando quisimos probarlas en agua y fuego. Pero desde ahora, los descendientes del hombre de oro serán ricos."

"And the descendants of the finger people will be poor and will work for the rich."

"Y los descendientes de las personas dedo serán pobres y van a trabajar para los ricos."

The Good-Hearted God knew that the finger people, though they were little, had more feelings than the gold man had and did not think they should remain poor forever. "I am going to make a new proclamation," he said as he rested his hands over Earth.

El Dios de Buen Corazón sabía que las personas dedo, aunque eran pequeñas, tenían más sentimientos que el hombre de oro, y no pensaba que era justo que se quedaran pobres por toda la eternidad. "Voy a hacer una proclamación nueva," dijo mientras ponía las manos sobre el mundo.

"The little finger people will work for the gold people, but they must give an honest day's work and the rich people must pay them a fair wage."

"Las personas dedo trabajarán para las personas de oro, pero deberán dar un día honesto y las personas ricas deberán pagar un sueldo justo."

"And I make this vow—no rich man will enter the kingdom of heaven alone. When the time has come for his worldly journey to end, the gold man will take the hand of one of the finger people, and together they will walk into their eternal home."

"Y prometo," agregó—"Ningún hombre rico entrará en las puertas del cielo solo. Cuando haya llegado el momento del fin de su jornada, el hombre de oro tomará a la persona dedo de la mano, y juntos caminarán en su casa eternal."